大唐西域記卷第二

三國

唐 三藏法師玄奘奉 詔譯

大總持寺沙門辯機撰

濫波國 那揭羅曷國

健馱邏國

詳夫天竺之稱異議糺紛舊云身毒或曰賢豆今從正音宜云印度印度之人隨地稱國殊方異俗遙舉總名語其所美謂之印度印度者唐言月月有多名斯其一稱言諸羣生

大唐西域記卷第二

唐三藏法師玄奘奉詔譯

大總持寺沙門辯機撰

三國

濫波國　那揭羅曷國一

健馱羅國孰二

詳夫天竺之稱異議糺紛舊云身毒或曰賢豆今從正音宜云印度印度之人隨地稱國殊方異俗遥舉總名語其所美謂之印度印度者唐言月月有多名斯其一稱言諸羣生

輪迴不息無明長夜莫有司晨其猶白日既
隱宵燭斯繼雖有星光之照豈如朗月之明
苟緣斯致因而譬月良以其土聖賢繼軌導
凡御物如月照臨由是義故謂之印度印度
種姓族類羣分而婆羅門特爲清貴從其雅

稱傳以成俗無云經界之别總謂婆羅門國
焉若其封疆之域可得而言五印度之境周
九萬餘里三垂大海北背雪山北廣南狹形
如半月畫野區分七十餘國時特暑熱地多
泉濕北乃山阜隱軫丘陵潟鹵東則川野沃

潤疇壠膏腴南方草木榮茂西方土地磽确斯大概也可略言焉夫數量之稱謂踰繕那舊曰由旬又曰踰闍那又曰由延皆訛畧也踰繕那者自古聖王一日軍行也舊傳一踰繕那四十里矣印度國俗乃三十里聖教所載惟十六里窮微之

數分一踰繕那為八拘盧舍拘盧舍者謂大牛鳴聲所極聞拘盧舍分一拘盧舍為五百弓分一弓為四肘分一肘為二十四指分一指節為七宿麥乃至虱蟣隙塵牛毛羊毛兎毫銅水次第七分以至細塵細塵七分為極

細塵極細塵者不可復析析即歸空故曰極微也若乃陰陽曆運日月次舍稱謂雖殊時候無異隨其星建以標月名時極短者謂刹那也百二十刹那爲一呾刹那六十呾刹那爲一臘縛三十臘縛爲一牟呼栗多五牟呼栗多爲一時六時合成一日一夜夜三晝三居俗日夜分爲八時晝四夜四於一一時各有四分月盈至滿謂之白分月虧至晦謂之黑分黑分或十四日十五日月有小大故也黑前白後合爲一月六月合爲一行日遊在內北行也日遊在外

南行也總此二行合爲一歲又分一歲以爲六時正月十六日至三月十五日漸熱也三月十六日至五月十五日盛熱也五月十六日至七月十五日雨時也七月十六日至九月十五日茂時也九月十六日至十一月十五日漸寒也十一月十六日至正月十五日盛寒也如來聖教歲爲三時正月十六日至五月十五日熱時也五月十六日至九月十五日雨時也九月十六日至正月十五日寒時也或爲四時春夏秋冬也春三月謂制呾

邏月吠舍佉月逝瑟吒月當此從正月十六日至四月十五日夏三月謂頞沙荼月室羅伐拏月婆達羅鉢陀月當此從四月十六日至七月十五日秋三月謂頞濕縛庾闍月迦剌底迦月末伽始羅月當此從七月十六日至十月十五日冬三月謂報沙月磨祛月頗勒窶拏月當此從十月十六日至正月十五日故印度僧徒依佛聖教坐兩安居或前三月或後三月前三月當此從五月十六日至八月十五日後三月當此從六月十六日至

九月十五日前代譯經律者或云坐夏或云坐臘斯皆邊裔殊俗不達中國正音或方言未融而傳譯有謬又推如來入胎初生出家成佛涅槃日月皆有參差語在後記

若夫邑里閭閻方域廣峙街衢巷陌曲徑盤紆闤闠當塗旗亭夾路屠釣倡優魁膾除糞

旌厥宅居斥之邑外行里往來僻於路左至於宅居之制垣郭之作地既卑濕城多疊甎暨諸牆壁或編竹木室宇臺觀板屋平頭泥以石灰覆以甎墼諸異崇構製同中夏苫茅

苫草或瓴或板壁以石灰為飾地塗牛糞㝍淨時華散布斯其異也諸僧伽藍頗極奇製隅樓四起重閣三層榱梠棟梁奇形彫鏤戶牖垣牆圖畫衆彩黎庶之居內侈外儉奥室中堂高廣有異層臺重閣形製不拘門闢東戶朝座東面至於坐止咸用繩牀王族大人士庶豪右莊飾有殊規矩無異君王朝座彌復高廣珠璣間錯謂師子牀敷以細氎蹈以寶机凡百庶僚隨其所好刻彫異類瑩飾奇珍衣裳服玩無所裁製貴鮮白輕雜彩男則

繞腰絡腋橫巾右袒女乃襜衣下垂通肩總覆頂爲小髻餘髮垂下或有剪髭別爲詭俗首冠華鬘身珮瓔珞其所服者謂憍奢耶衣及㲲布等憍奢耶者野蠶絲也芻摩衣麻之類也頷鉢羅衣織細羊毛也褐剌縭衣織野獸毛細軟可得緝績故以見珍而充服用其北印度風土寒烈短製褊衣頗同胡服外道服飾紛雜異製或衣孔雀羽尾或飾髑髏瓔珞或無服露形或草板掩體或拔髮斷髭或蓬鬢椎髻裳衣無定赤白不恒沙門法服惟

有三衣及僧却崎泥縛些（桑箇切）那三衣裁製部執不同或緣有寬狹或葉有小大僧却崎（此言掩腋舊曰僧祇支訛也）覆左肩掩兩腋左開右合長裁過腰泥縛些那（此言裙舊曰涅槃僧訛也）既無帶襻其將服也集衣為襵束帶以絛襵則諸部各異色乃黃赤不同刹帝利婆羅門清素居簡潔白儉約國王大臣服玩良異華鬘寶冠以為首飾環釧瓔珞而作身佩其有富商大賈惟釧而已人多徒跣少有所履染其牙齒或赤或黑齊髮穿耳脩鼻大眼斯其貌也夫其潔

清自守非矯其志凡有饌食必先盥洗殘宿不再食器不傳瓦木之器經用必棄金銀銅鐵每加摩瑩饌食既訖嚼楊枝而為淨澡漱未終無相執觸每有溲溺必事澡濯身塗諸香所謂栴檀鬱金也君王將浴鼓奏絃歌祭

祀拜祠沐浴盥洗

詳其文字梵天所製原始垂則四十七言遇物合成隨事轉用流演枝派其源浸廣因地隨人微有改變語其大較未異本源而中印度特為詳正辭調和雅與天同音氣韻清亮

爲人軌則隣境異國習謬成訓競欲澆俗莫守淳風至於記言書事各有司存史誥總稱謂尼羅蔽荼（此言青藏）善惡具舉災祥備著而開蒙誘進先遵十二章七歲之後漸授五明大論一曰聲明釋詁訓字詮目流別二曰巧明伎術機關陰陽曆數三醫方明禁呪閑邪藥石針艾四謂因明考定正邪研覈真僞五曰内明究暢五乘因果妙理其婆羅門學四吠陀論（舊曰毗陀訛也）一曰壽謂養生繕性二曰祠謂享祭祈禱三曰平謂禮儀占卜兵法軍陣四

曰術謂異能伎數禁呪醫方師必博究精微貫窮玄奧示之大義導以微言提撕善誘彫朽勵薄若乃識量通敏志懐通逸則拘縶及闕業成後巳年方三十志立學成既居祿位先酬師德其有博古好雅肥遁居貞沉浮物外逍遥事表寵辱不驚聲聞已遠君王雅尚莫能屈迹然而國重聰叡俗貴高明褒贊既隆禮命亦重故能強志為學忘疲遊藝訪道依仁不遠千里家雖豪富志均羇旅口腹之資巡匃以濟有貴知道無恥匱財娱遊惰業

婾食靡衣既無令德又非時習恥辱俱至醜聲載揚如来理教隨類得解去聖悠遠正法醇醨任其見解之心俱獲聞知之悟部執峯峙諍論波騰異學專門殊途同致十有八部各擅鋒鋭大小二乘居止區别有宴默思惟經行住立定慧悠隅諠靜良殊隨其衆居各制科防無云律論經紀凡是佛經講宣一部乃免僧知事二部加上房資具三部差侍者祇承四部給淨人役使五部則行乘象輿六部又導從周衛道德既高旌命亦異時集講

論考其優劣彰別善惡黜陟幽明其有商搉微言抑揚妙理雅辭贍美妙辯敏捷於是馭乘寶象導從如林至乃義門虛闢辭鋒挫銳理寡而辭繁義乖而言順遂即面塗赭堊身坌塵土斥於曠野棄之溝壑既旌淑慝亦表賢愚人智樂道家勤志學出家歸俗從其所

好罹咎犯律僧中科罰輕則衆命訶責次又衆不與語重乃衆不共住不共住者斥擯不齒出一住處措身無所羇旅艱辛或返初服若夫族姓殊者有四流焉一曰婆羅門淨行

也。守道居貞，潔白其操。二曰刹帝利，王種也。（舊曰刹利，略也。）奕世君臨，仁恕爲志。三曰吠奢，（舊曰毗舍，訛也。）商賈也，貿遷有無，逐利遠近。四曰戍陀羅，（舊曰首陀，訛也。）農人也，肆力疇壠，勤身稼穡。凡茲四姓，清濁殊流，婚娶通親，飛伏異路，內外宗枝，姻媾不雜。婦人一嫁，終無再醮。自餘雜姓，實繁種族，各隨類聚，難以詳載。

君王奕世，惟刹帝利。篡弒時起，異姓稱尊。國之戰士，驍雄畢選，子父傳業，遂窮兵術。居則宮廬周衛，征則奮旅前鋒。凡有四兵，步馬車

象象則被以堅甲牙施利距一将安乘授其節度兩卒左右爲之駕馭車乃駕以駟馬兵帥居乘列卒周衛扶輪挾轂馬軍散禦逐北奔命步軍輕捍敢勇充選負大楯執長戟或持刀劒前奮行陣凡諸戎器莫不鋒銳所謂矛盾弓矢刀劒鉞斧戈殳長矟輪索之屬皆世習矣夫其俗也性雖狷急志甚貞質於財無苟得於義有餘讓懼冥運之罪輕生事之業詭譎不行盟誓爲信政教尚質風俗猶和凶悖羣小時虧國憲謀危君上事迹彰明則

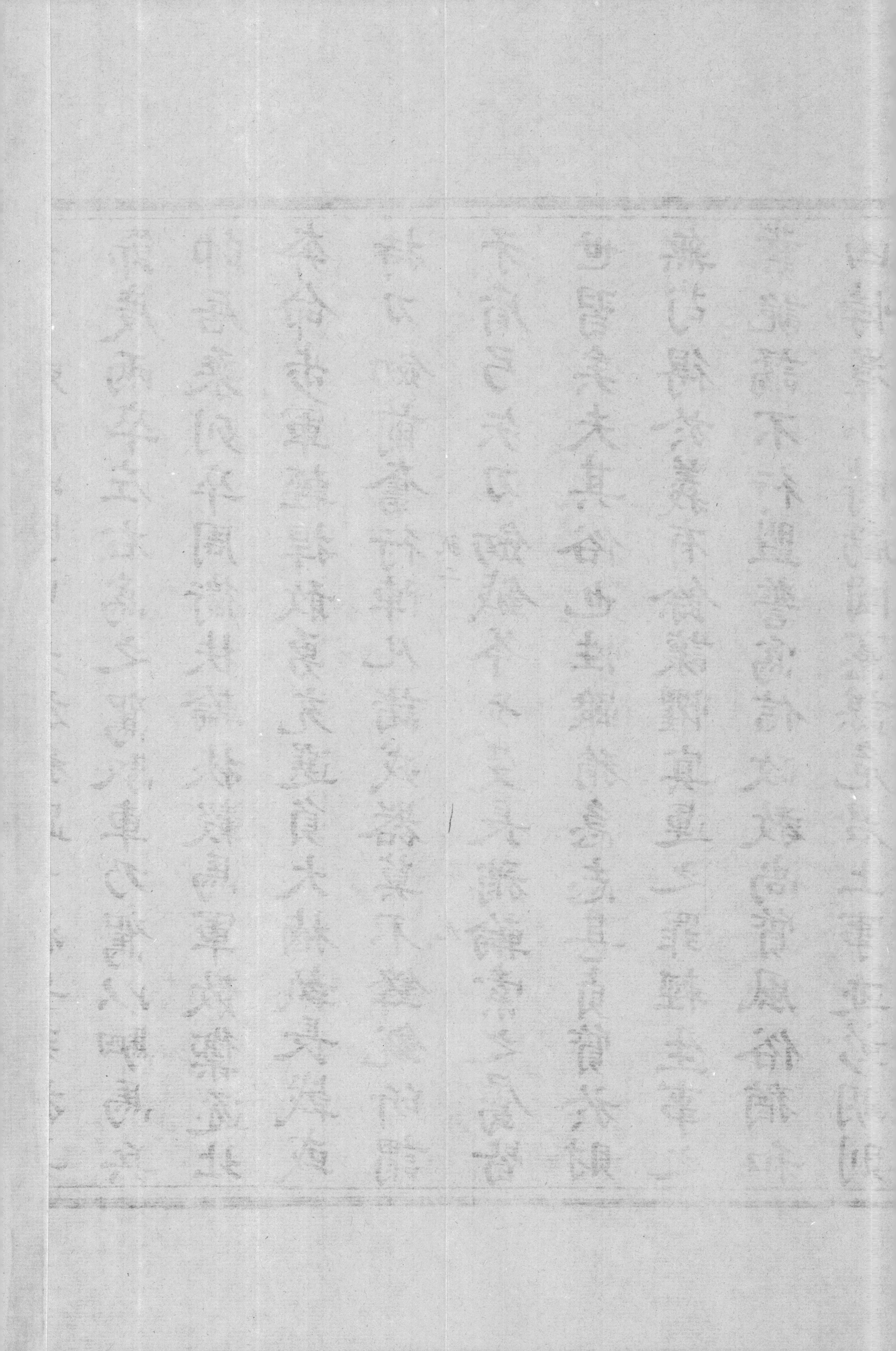

常幽囹圄無所刑戮任其生死不齒人倫犯傷禮義悖逆忠孝則劓鼻截耳斷手刖足或驅出國或放荒裔自餘咎犯輸財贖罪理獄占辭不加荆朴隨問欵對據事平科拒違所犯恥過飾非欲究情實事須案者凡有四條水火稱毒水則罪人與石盛以連囊沉之深流校其真偽人浮石浮則有犯人浮石沉則無隱火乃燒鐵罪人踞上復使足蹈既遣掌案又令舌舐虛無所損實有所傷懦弱之人不堪炎熾捧未開華散之向焰虛則華發實

則華焦稱則人石平衡輕重取驗虛則人低石舉實則石重人輕毒則以一羖羊剖其右髀隨被訟人所食之分雜諸毒藥置剖髀中實則毒發而死虛則毒歇而穌舉四條之例防百非之路

致敬之式其儀九等一發言慰問二俯首示敬三舉手高揖四合掌平拱五屈膝六長跪七手膝踞地八五輪俱屈九五體投地凡斯九等極惟一拜跪而讚德謂之盡敬遠則稽顙拜手近則舐足摩踵凡其致辭受命褰裳

長跪尊賢受拜必有慰辭或摩其頂或拊其背善言誨導以示親厚出家沙門既受敬禮惟加善願無止跪拜隨所宗事多有旋繞或惟一周或復三帀宿心別請數則從欲

凡遭疾病絕粒七日期限之中多有痊愈必未瘳差方乃餌藥藥之性類名種不同醫之工伎占候有異終沒臨喪哀號相泣裂裳拔髮拍額椎胸服制無聞喪期無數送終殯葬其儀有三一曰火葬積薪焚燎二曰水葬沉流漂散三曰野葬棄林飼獸國王殂落先立

嗣君以主喪祭以定上下生立德號死無議
謚喪禍之家人莫就食殯葬之後復常無諱
諸有送死以爲不潔咸於郭外浴而後入至
於年耆壽耄死期將至嬰累沉痾生涯恐極
猒離塵俗願棄人間輕鄙生死希遠世路於
是親故知友奏樂餞會泛舟鼓棹濟殑伽河

中流自溺謂得生天十有其一未盡鄙見出
家僧衆制無號哭父母亡喪誦念酬恩追遠
慎終實資冥福
政教既寬機務亦簡戶不籍書人無傜課王

政教既寛機務亦簡可不讀書入無偽寂王
慎終實貧寡福
家僧衆制無諦哭父母亡奏論念聖恩追遠
中流自恣謂得生天十有其一未盡歸見此
是亂故知文奏樂發會法事鼓棹游戲何河
執二　　十二
服雜靈俗願棄入間輕歸生死希遠世路於
於年耆壽耋死期將至嬰累況衙生涯感極
諸有送死以滴不濺咸於郭外浴石後入空
謚喪過之家入莫究食痛發之後復常無諸

田之内大分爲四一充國用祭祀粢盛二以封建輔佐宰臣三賞聰叡碩學高才四樹福田給諸異道所以賦歛輕薄傜稅儉省各安世業俱佃口分假種王田六稅其一商賈逐利來徃貿遷津路關防輕稅後過國家營建不虚勞役據其成功酬之價直鎮戍征行宫廬宿衛量事招募懸償待入宰牧輔臣庶官僚佐各有分地自食封邑風壤既別地利亦殊華草果木雜種異名所謂菴没羅果菴弭羅果末杜迦果跋達羅果劫比他果阿末羅

果鎮杜迦果烏曇跋羅果茂遮果那利薊羅
果般橠娑果凡厥此類難以備載見珍人世
者畧舉言焉至於棗栗椑柿印度無聞梨柰
桃杏蒲萄等果迦濕彌羅國已來往往間植
石榴甘橘諸國皆樹墾田農務稼穡耕耘播
植隨時各從勞逸土宜所出稻麥尤多蔬菜

則有薑芥瓜瓠葷陀菜等葱蒜雖少噉食亦
希家有食者驅令出郭至於乳酪膏酥沙糖
石蜜芥子油諸餅麨常所膳也魚羊麞鹿時
薦肴胾牛驢象馬豕犬狐狼師子猴猨凡此

毛羣例無味噉噉者鄙恥衆所穢惡屏居郭外希迹人間若其酒醴之差滋味流别蒲萄甘蔗剎帝利飲也麴蘖醇醪吠奢等飲也沙門婆羅門飲蒲萄甘蔗漿非酒醴之謂也雜姓畢族無所流别然其資用之器功質有殊什物之具隨時無闕雖釜鑊斯用而炊甑莫知多器坏土少用赤銅食以一器衆味相調手指斟酌畧無匕箸至於病患乃用銅匙若其金銀鍮石白玉火珠風土所産彌復盈積珍奇雜寶異類殊名出自海隅易以求貨然

其貨用交遷有無金錢銀錢貝珠小珠印度之境彊界具舉風壤之差大畧斯在同條共貫粗陳梗槩異政殊俗據國而叙

濫波國周千餘里北背雪山三垂黑嶺國大都城周十餘里自數百年王族絶嗣豪傑力競無大君長近始附屬畢迦試國宜粳稻多

甘蔗林樹雖衆果實乃少氣序漸温微霜無雪國俗豐樂人尚歌詠志性怯弱情懷詭詐更相欺誚未有推先體貌卑小動止輕躁多衣白氎所服鮮飾伽藍十餘所僧徒寡少並

多習學大乘法教天祠數十異道甚多從此東南行百餘里踰大嶺濟大河至那揭羅曷國北印度境

那揭羅曷國東西六百餘里南北二百五六十里山周四境懸隅危險國大都城二十餘里無大君長主令役屬迦畢試國豐穀稼多華果氣序温暑風俗淳質猛鋭驍雄輕財好學崇敬佛法少信異道伽藍雖多僧徒寡少諸窣堵波荒蕪圮壞天祠五所異道百餘人城東三里有窣堵波高三百餘尺無憂王之

所建也編石特起刻彫奇製釋迦菩薩值然
燈佛敷鹿皮衣布髮掩埿得受記處時經劫
壞斯迹無泯或有齋日天雨衆華羣黎心競
或修供養其西伽藍少有僧徒次南小窣堵
波是昔掩埿之地無憂王避大路遂僻建焉

城内有大窣堵波故基聞諸先志曰昔有佛
齒高曠嚴麗今既無齒惟餘故基其側有窣
堵波高三十餘尺彼俗相傳不知源起云從
空下峙基於此既非人工實爲靈瑞
城西南十餘里有窣堵波是如來在日中印

度陵虛遊化降迹於此國人感慕建此靈基其東不遠有窣堵波是釋迦菩薩昔值然燈佛於此買華

城西南二十餘里至小石嶺有伽藍高堂重閣積石所成庭宇寂寥絶無僧侶中有窣堵波高二百餘尺無憂王之所建也

伽藍西南深澗陗絶瀑布飛流懸崖壁立東岸石壁有大洞穴瞿波羅龍之所居也門徑狹小窟穴冥闇崖石津滴磎徑餘流昔有佛影煥若真容相好具足儼然如在近代已來

人不徧覩縱有所見髣髴而已至誠祈請有冥感者乃暫明視尚不能久昔如來在世之時此龍為牧牛之士供王乳酪進奉失宜既獲譴責心懷恚恨以金錢買華供養受記窣堵波願為惡龍破國害王即趣石壁投身而死遂居此窟為大龍王便欲出穴成本惡願適起此心如來已鑒愍此國人為龍所害運神通力自中印度至龍所龍見如來毒心遂止受不殺戒願護正法因請如來常居此窟諸聖弟子恒受我供如來告曰吾將寂滅為

汝留影遺五羅漢常受汝供正法隱没其事無替汝若毒心奮怒當觀吾留影以慈善故毒心當止此賢劫中當來世尊亦悲愍汝皆留影像影窟門外有二方石其一石上有如來足蹈之迹輪相微現光明時燭影窟左右多諸石室皆是如來諸聖弟子入定之處影窟西北隅有窣堵波有如來經行之處其側窣堵波有如來髮爪鄰此不遠有窣堵波是如來顯暢真宗説蘊界之處所也影窟西有大盤石如來甞於其上濯浣袈裟文影微現

城東南三十餘里至醯羅城周四五里堅峻險固華林池沼光鮮澄鏡城中居人淳質正信復有重閣畫棟丹楹第二閣中有七寶小窣堵波置如來頂骨骨周一尺二寸髮孔分明其色黃白盛以寶函置窣堵波中欲知善

惡相者香末和泥以印頂骨隨其福感其文煥然又有七寶小窣堵波以貯如來髑髏骨狀若荷葉色同頂骨亦以寶函緘絡而置又有七寶小窣堵波貯如來眼睛睛大如柰光明清徹曒映中外又以七寶函緘封而置如

來僧伽胝袈裟細氎所作其色黃赤置寶函中歲月既遠微有損壞如來錫杖白鐵作鐶栴檀爲笴寶筒盛之近有國王聞此諸物並是如來昔親服用恃其威力迫脅而歸既至本國置所居宮中曾未浹辰求之已失爰更尋訪已還本處斯五聖迹多有靈異迦畢試王令五淨行給侍香華觀禮之徒相繼不絕諸淨行等欲從虛寂以爲財用人之所重權立科條以止諠雜其大略曰諸欲見如來頂骨者稅一金錢若取印者稅五金錢自餘節

級以次科條科條雖重觀禮彌衆重閣西北有窣堵波不甚高大而多靈怪人以指觸便即搖震連基傾動鈴鐸和鳴從此東南山谷中行五百餘里至健馱邏國（舊曰乾陀衛訛也北印度境）

健馱邏國東西千餘里南北八百餘里東臨信河國大都城號布路沙布邏周四十餘里王族絕嗣役屬迦畢試國邑里空荒居人稀少宮城一隅有千餘戶穀稼殷盛華果繁茂多甘蔗出石蜜氣序溫暑略無霜雪人性恇

怯好習典藝多敬異道少信正法自古以來印度之境作論諸師則不那羅延天無著菩薩世親菩薩法救如意勝尊者等本生處也僧伽藍千餘所摧殘荒廢蕪漫蕭條諸窣堵波頗多頽圮天祠百數異道雜居

王城内東北有一故基昔佛鉢之寶臺也如來涅槃之後鉢流此國經數百年式遵供養流轉諸國在波剌斯城外東南八九里有畢鉢羅樹高百餘尺枝葉扶踈蔭影蒙密過去四佛已坐其下今猶現有四佛坐像賢劫之

中九百九十六佛皆當坐焉冥祇警衛靈鑒潛被釋迦如來於此樹下南面而坐告阿難曰我去世後當四百年有王命世號迦膩色迦此南不遠起窣堵波吾身所有骨肉舍利多集此中

畢鉢羅樹南有窣堵波迦膩色迦王之所建也迦膩色迦王以如來涅槃之後第四百年君臨膺運統贍部洲不信罪福輕毀佛法畋遊草澤遇見白兔王親奔逐至此忽滅見有牧牛小豎於林樹間作小窣堵波其高三尺

王曰汝何所爲牧豎對曰昔釋迦佛聖智懸記當有國王於此勝地建窣堵波吾身舍利多聚其内大王聖德宿植名符昔記神功勝福允屬斯辰故我今者先相警發説此語已忽然不現王聞是説喜慶增懐自負其名大聖先記因發正信深敬佛法周小窣堵波處

建石窣堵波欲以功力彌覆其上隨其數量恒出三尺若是增高踰四百尺基址所峙周一里半層基五級高一百五十尺方乃得覆小窣堵波王用喜慶復於其上更起二十五

層金銅相輪即以如來舍利一斛而置其中式修供養營建纔訖見小窣堵波在大基東南隅下傍出其半王心不平便即擲棄遂住窣堵波第二級下石基中半現復於本處更出小窣堵波王乃退而歎曰嗟夫人事易迷神功難掩靈聖所扶憤怒何及慙懼既已謝咎而歸其二窣堵波今猶現在有嬰疾病欲祈康愈者塗香散華至誠歸命多蒙瘳差大窣堵波東面石陛南鏤作二窣堵波一高三尺一高五尺規模形狀如大窣堵波又作兩

軀佛像一高四尺一高六尺擬菩提樹下跏
趺坐像日光照燭金色晃耀陰影漸移石文
青紺閒諸耆舊曰數百年前石基之隙有金
色蟻大者如指小者如麥同類相從齧其石
壁文若彫鏤廁以金沙作為此像今猶現在
大窣堵波石陛南面有畫佛像高一丈六尺
自胸已上分現兩身從胸已下合為一體聞
諸先志曰初有貧士傭力自濟得一金錢願
造佛像至窣堵波所謂畫工曰我今欲圖如
來妙相有一金錢酬工尚少宿心憂負迫於

貧乏之時彼畫工鑒其至誠無云價直許為成功復有一人事同前迹持一金錢求畫佛像畫工是時受二人錢求妙丹青共畫一像二人同日俱來禮敬畫工乃同指一像示彼二人而謂之曰此是汝所作之佛像也二人相視若有所懷畫工心知其疑也謂二人曰何思慮之久乎凡所受物毫釐不虧斯言不謬像必神變言聲未静像現靈異分身交影光相昭著二人悅服心信歡喜大窣堵波西南百餘步有白石佛像高一丈八尺北面而立

多有靈相數放光明時有人見像出夜行旋
繞大窣堵波近有羣賊欲入行盜像遂出迎
賊賊黨怖退像歸本處住立如故羣盜因此
改過自新遊行邑里具告遠近

大窣堵波左右小窣堵波魚鱗百數佛像莊
嚴務窮工思殊香異音時有聞聽靈仙聖賢
或見旋繞此窣堵波者如來懸記七燒七立
佛法方盡先賢記曰成壞已三初至此國適
遭火災當見營構尚未成功大窣堵波西有
故伽藍迦膩色迦王之所建也重閣累榭層

臺洞户旌召高僧式昭景福然雖圮毁尚曰奇工僧徒減少並學小乘自建伽藍異人間出諸作論師及證聖果清風尚扇至德無泯第三重閣有波栗濕縛（此言脇）尊者室久已傾頹尚立旌表初尊者之為梵志師也年垂八十捨家染衣城中少年便誚之曰愚夫朽老一何淺智夫出家者有二業焉一則習定二乃誦經而今衰耄無所進取濫迹清流徒知飽食時脇尊者聞諸譏議因謝時人而自誓曰我若不通三藏理不斷三界欲得六神通

具八解脫終不以脇而至於席自爾之後惟日不足經行宴坐住立思惟晝則研習理教夜乃靜慮凝神綿歷三歲學通三藏斷三界欲得三明智時人敬仰因號脇尊者焉

脇尊者室東有故房世親菩薩於此製阿毗達磨俱舍論人而敬之封以記焉

世親室南五十餘步第二重閣末筏曷利他此言如意論師於此製毗婆沙論論師以佛涅槃之後一千年中利見也少好學有才辯聲聞遐被法俗歸心時室邏伐悉底國毗訖羅摩

阿迭多王（此言超日）威風遠洽使臣詣印度曰以五億金錢周給貧窶孤獨主藏臣懼國用乏匱也乃諷諫曰大王威被殊俗澤及昆蟲請增五億金錢以賑四方匱乏之府庫既空更稅有土重斂不已怨聲載揚則君上有周給之恩臣下被不恭之責王曰聚有餘給不足非苟為身侈靡國用遂加五億惠諸貧乏其後畋遊逐豕失蹤有尋知迹者償一億金錢如意論師一使人剃髮輒賜一億金錢其國史臣依即書記王恥見高心常怏怏欲罪辱如

意論師乃招集異學德業高深者百人而下令曰欲收視聽遊諸真境異道紛雜歸心靡措今考優劣專精遵奉洎乎集論重下令曰外道論師並英俊也沙門法衆宜善宗義勝則崇敬佛法負則誅戮僧徒於是如意詰諸外道九十九人已退飛矣下席一人視之蔑如也因而劇談論及火煙王與外道咸諠言曰如意論師辭義有失夫先煙而後及火此事理之常也如意雖欲釋難無聽鑒者恥見衆辱齰斷其舌乃書誡告門人世親曰黨援

之衆無競大義羣迷之中無辯正論言畢而死居未久趣日王失國興王膺運表式英賢世親菩薩欲雪前恥來白王曰大王以聖德君臨為含識主命先師如意學窮玄奧前王宿憾衆挫高名我承導誘欲復先怨其王知如意哲人也美世親雅操焉乃召諸外道與如意論者世親重述先旨外道謝屈而退

迦臈色迦王伽藍東北行五十餘里渡大河至布色羯邏伐底城周十四五里居人殷盛閭閻洞連城西門外有一天祠天像威嚴靈

異相繼城東有窣堵波無憂王之所建也即過去四佛說法之處先古聖賢自中印度降神導物斯地實多即伐蘇蜜呾羅（此言世友舊曰和須蜜多訛也）論師於此製衆事分阿毗達磨論城北四五里有故伽藍庭宇荒涼僧徒寡少然皆遵習小乘法教即達磨呾邏多（此言法救舊曰達磨多羅訛也）論師此製雜阿毗達磨論伽藍側有窣堵波高數百尺無憂王之所建也彫木文石頗異人工是釋迦佛昔為國王修菩薩行從衆生欲惠施不倦喪身若遺於此國土千生為

王即斯勝地千生捨眼捨眼東不遠有二石窣堵波各高百餘尺右則梵王所立左乃天帝所建以妙珍寶而瑩飾之如來寂滅寶變為石基雖傾陷尚曰崇高梵釋窣堵波西北行五十餘里有窣堵波是釋迦如來於此化鬼子母令不害人故此國俗祭以求嗣化鬼子母北行五十餘里有窣堵波是商莫迦菩薩（舊曰睒摩菩薩訛也）恭行鞠養侍盲父母於此採果遇王畋遊獵毒矢誤中至誠感靈天帝傅藥德動明聖尋即復穌

商莫迦菩薩被害東南行二百餘里至跋虜
沙城城北有窣堵波是蘇達拏太子（此言善牙）以
父王大象施婆羅門蒙譴被擯顧謝國人既
出郭門於此告別其側伽藍五十餘僧並小
乘學也昔伊濕伐邏（此言自在）論師於此製阿毗

達磨明證論
跋虜沙城東門外有一伽藍僧徒五十餘人
並大乘學也有窣堵波無憂王之所建立也昔
蘇達拏太子擯在彈多落迦山（舊曰檀特山訛之也）婆
羅門乞其男女於此鬻賣跋虜沙城東北二

十餘里至彈多落迦山嶺上有窣堵波無憂王所建蘇達拏太子於此棲隱其側不遠有窣堵波太子於此以男女施婆羅門婆羅門捶其男女流血染地今諸草木猶帶絳色巖間石室太子及妃習定之處谷中林樹垂條

若帷並是太子昔所遊止其側不遠有一不廬即古仙人之所居也仙廬西北行百餘里越一小山至大山山南有伽藍僧徒尠少並學大乘其側窣堵波無憂王之所建也昔獨角仙人所居之處仙人爲婬女誘亂退失神

通婬女乃駕其肩而還城邑

跋虜沙城東北五十餘里至崇山山有青石

大自在天婦像毗摩天女也聞諸士俗曰此

天像者自然有也靈異既多祈禱亦衆印度

諸國求福請願貴賤畢萃遠近咸會其有願

見天神者必至誠無貳絶食七日或有得見

求願多遂山下有大自在天祠塗灰外道式

修祠祀毗摩羅天祠東南行百五十里至烏

鐸迦漢茶城周二十餘里南臨信度河居人

富樂寶貨盈積諸方珍異多集於此

烏鐸迦漢荼城西北行二十餘里至婆羅覩邏邑是製聲明論波你尼仙本生處也遂古之初文字繁廣時經劫壞世界空虛長壽諸天降靈導俗由是之故文籍生焉自時厥後其源泛濫梵王天帝作則隨時異道諸仙各製文字人相祖述競習所傳學者虛功難用詳究人壽百歲之時有波你尼仙生知博物愍時澆薄欲削浮僞刪定繁猥遊方問道遇自在天遂伸述作之志自在天曰盛矣哉吾當祐汝仙人受教而退於是研精覃思捃摭

群言作為字書備有千頌頌三十二言矣究
極今古總括文言封以進上王甚珍異下令
國中普使傳習有誦通利賞千金錢所以師
資傳授盛行當世故此邑中諸婆羅門碩學
高才博物强識 孰二 二十七
婆羅覩邏邑中有窣堵波羅漢化波你尼仙
後進之處如來去世垂五百年有大阿羅漢
自迦濕彌羅國遊化至此乃見梵志捶訓稚
童時阿羅漢謂梵志曰何苦此兒梵志曰令
學聲明業不時進阿羅漢逌爾而笑老梵志

曰夫沙門者慈悲為情愍傷物類仁令所笑
願聞其説阿羅漢曰談不容易恐致深疑汝
頗嘗聞波你尼仙製聲明論垂訓於世乎婆
羅門曰此邑之子後進仰德像設猶存阿羅
漢曰今汝此子即是彼仙猶以強識翫習世
典惟談異論不究真理神智唐捐流轉未息
尚乘餘善為汝愛子然則世典文辭徒疲功
績豈若如來聖教福智冥滋曩者南海之濱
有一枯樹五百蝙蝠於中穴居有諸商侶止
此樹下時屬風寒人皆飢凍聚積樵蘇藴火

其下煙焰漸熾枯樹遂然時商侶中有一賈客夜分已後誦阿毗達磨藏彼諸蝙蝠雖為火困愛好法音忍而不出於此命終隨業受生俱得人身捨家修學乘聞法聲聰明利智並證聖果為世福田近迦膩色迦王與脇尊者招集五百賢聖於迦濕弥羅國作毗婆沙論斯並枯樹之中五百蝙蝠也余雖不肖是其一數斯則優劣良異飛伏懸殊仁今愛子可許出家出家功德言不能述時阿羅漢說此語已示神通事因忽不現婆羅門深生敬

信歎羡久之具告隣里遂放其子出家脩學因即迴信崇重三寶鄉人從化於今弥篤從烏鐸迦漢荼城北踰山涉川行六百餘里至烏仗那國此言苑昔輪王之苑囿也舊曰烏孫場或曰烏荼皆訛北印度境也

大唐西域記卷第二

音釋

窶其矩切　拏女加切　闌闠闌戶頑切闠胡對切　榱所龜切桷也

梠力語切楣也　褊俾緬切　襻普患切衣系也　襵陟葉切衣襵也　盥古玩切

樐郎古切大盾也　矟所角切矛屬　囹圄囹郎丁切圄魚巨切

劓魚記切　刖魚厥切　橠乃可切　逌夷周切